la

MW01052269

Classe de CE₁
Mai 2000.

ICHARD

Les éditions la courte échelle inc.
Montréal • Toronto • Paris

7574

Sylvie Desrosiers

Née à Montréal, Sylvie Desrosiers rêvait d'être pilote d'avion. Mais son premier vol devait se terminer en catastrophe, avec une sévère réprimande, au rayon des bonbons chez Eaton.

Déçue de ne pas être riche et noble et de ne pouvoir ainsi voyager à sa guise, elle a finalement pris le parti d'en rire. Depuis 1979, elle collabore donc au magazine *Croc*. Elle y signe la chronique d'Éva Partout, la rubrique Presse en délire, en collaboration avec Jean-Pierre Plante, et d'autres textes.

En plus de ses romans pour les jeunes, elle a publié un roman pour adultes et deux recueils humoristiques. Elle donne dans la télé, le patin et la marche à pied. Son plus grand rêve: aller un jour s'asseoir au milieu d'une grande plaine africaine et regarder les girafes passer en coup de vent.

Daniel Sylvestre

C'est bien jeune que Daniel Sylvestre s'est mis à dessiner. Et ce goût ne l'a jamais quitté, puisqu'il est devenu illustrateur pigiste. Il a travaillé à des films d'animation, fait de l'illustration éditoriale pour des revues comme *Châtelaine, L'actualité* et *Croc*, du travail graphique et des affiches publicitaires. Bref, il s'amuse en travaillant et il amuse, par le fait même, petits et grands.

Daniel Sylvestre a reçu le prix Québec-Wallonie-Bruxelles pour *Je suis Zunik* et a été plusieurs fois finaliste au prix du Conseil des Arts.

Et pour ajouter encore quelques cordes à son arc, il joue de la guitare.

Où sont passés les dinosaures? est le cinquième roman qu'il illustre à la courte échelle, en plus des six albums de la série Zunik.

Les éditions la courte échelle inc.
5243, boul. Saint-Laurent
Montréal (Québec) H2T 1S4

Conception graphique:
Derome design inc.

Révision des textes:
Odette Lord

Dépôt légal, 1er trimestre 1990
Bibliothèque nationale du Québec

Données de catalogage avant publication (Canada)

Desrosiers, Sylvie, 1954-

    Où sont passés les dinosaures?

    (Roman Jeunesse; 24)
    Pour enfants à partir de 9 ans.

    ISBN: 2-89021-119-3

    I. Sylvestre, Daniel.   II. Titre.   III. Collection.

PS8557.E87087 1990   jC843'.54   C89-096431-9
PS9557.E87087 1990
PZ23.D47Ou 1990

Sylvie Desrosiers
OÙ SONT PASSÉS LES PASSÉS LES DINOSAURES?

Illustrations
de Daniel Sylvestre

Chapitre I
Anne, ma cousine Anne, ne vois-tu rien venir?

Dans l'autobus qui l'amène de Montréal à un charmant petit village des Cantons de l'Est, Anne déplie soigneusement son costume de tube de pâte dentifrice.

— J'espère que personne n'aura le même déguisement! murmure-t-elle tout bas, avec un léger accent français, en posant sur sa tête ce qui est censé être le capuchon du tube.

Le ruban de cet étrange chapeau blanc se noue sous le menton et a la couleur bleu foncé d'une pâte en gelée. Exactement le même bleu que les yeux d'Anne, des yeux tellement grands que, pour battre des paupières, il lui faut dix minutes au moins.

Elle admire son costume, très fière de son idée. Ça fait des semaines qu'elle se prépare à la soirée d'Halloween où une grande fête est organisée au village. Pour une fois, le congé pédagogique de l'automne tombe en même temps! Elle peut donc enfin quitter la ville où elle habite et visiter son cousin John.

Son faux cousin puisque ses parents sont des amis des siens et non des personnes de la même famille.

John dont elle est secrètement amoureuse.

À travers la vitre teintée de l'autobus, Anne voit défiler le paysage où apparaissent déjà les montagnes qui entourent le village. En cette fin d'octobre, les arbres sont complètement dégarnis, mais il n'y a pas encore de neige sur le sol gelé.

Anne se retourne pour voir si la brosse à dents géante qui complète son costume est toujours appuyée au mur. Elle est là, bien enveloppée dans son sac de poubelle vert.

— Il ne faudrait pas qu'on me la vole, marmonne-t-elle, sans se soucier que les passagers autour d'elle la trouvent un peu bizarre. Car une petite fille de dix ans qui parle toute seule, ils n'en voient pas souvent.

Puis elle fouille dans son sac à dos et en sort un sandwich au beurre d'arachide préparé par son père.

— Ah non! Il a encore mis du croquant! Ça fait cent fois que je lui dis que je n'aime pas ça!

Déçue, elle mord malgré tout dedans et pense à John, son héros. Qui d'autre aurait si brillamment résolu cette sombre histoire d'animaux blessés*? Avec Jocelyne, Agnès et Notdog, le fameux chien laid, il faut bien le dire.

— Pas de danger qu'il m'arrive quelque chose d'excitant à moi! Toujours les mêmes qui ont tout! soupire-t-elle.

Elle ne sait pas encore ce qui l'attend. Ni qu'elle rencontrera la dame avec de grosses lunettes noires, assise derrière elle, dans de drôles de circonstances.

*Voir *Le mystère du lac Carré*, chez le même éditeur.

Chapitre II
Le film des événements

— Il est bien mort. Son coeur a cessé de battre. C'est fini maintenant, Takashi.

— Nous avions entre les mains une de ces créatures qui ont peuplé la Terre pendant cent vingt-cinq millions d'années, un véritable brontosaure! Ici même, à Tokyo! Vous rendez-vous compte de la perte inestimable pour la science, Chisako?

— Oui, mais qui sait si quelque part, sur cette planète, un autre dinosaure ne sortira pas des entrailles de la Terre... Tout est possible, Takashi, tout est possible...

Fin

Les lumières du cinéma s'allument pendant que défile le générique du film *Les géants de la vallée oubliée.*

Cent cinquante jeunes applaudissent à la fin de cette matinée passée en compagnie de dinosaures de toutes sortes et d'une expédition scientifique dont les membres sortent sains et saufs. Sauf, bien sûr, le méchant, dont le tyrannosaure n'a fait qu'une bouchée, ce qui a fait rire toute l'assistance d'ailleurs.

Et c'est dans un bruit de sièges qu'on relève, de chips qu'on écrase et de boissons gazeuses qu'on renverse que les trois inséparables enfilent leur imperméable.

Celui de Jocelyne est rouge, couleur qui va très bien avec ses cheveux noirs bouclés. Celui d'Agnès est vert forêt, ce qui est du plus bel effet avec sa chevelure rousse et ses broches*. Enfin celui de John, dit l'Anglais à lunettes, est jaune serin, luisant et un peu sale, exactement comme les cheveux de son propriétaire.

Ils ont tous les trois le même âge, douze ans.

— Yark! J'ai les gamelles toutes collées! lance John, dégoûté, indiquant les filets roses de la gomme balloune pendant de ses souliers.

*Appareil orthodontique.

— Semelles, John, on dit semelles, pas gamelles, le reprend Agnès, comme chaque fois que John fait une erreur de français, c'est-à-dire souvent.

Juste à ce moment, le petit Dédé Lapointe passe à côté d'eux, les cheveux ébouriffés, l'air songeur. Six ans et mignon comme tout, c'est l'enfant le plus méfiant du village, car il voit des conspirations partout. Jocelyne le salue:

— Allô! Dédé. Est-ce que tu as aimé le film?

Dédé regarde à gauche, puis à droite, et sur le ton de la confidence:

— Oui, mais j'ai trouvé ça fatigant.

— Pourquoi?

— Parce que j'ai été obligé de surveiller mon pop-corn tout le temps. Le grand Marleau avait l'air de vouloir me le piquer.

Jocelyne, se retenant de pouffer de rire:

— Mais voyons, Marleau était assis à deux rangées de toi, Dédé...

— C'est pas grave. Je lui fais pas confiance, au grand Marleau; il aime ça achaler les plus petits.

Et Dédé continue son chemin, serrant contre lui le contenant de pop-corn, pas tout à fait vide encore.

Les employés du cinéma commencent déjà à ramasser ce qui traîne dans les allées, mitaines et foulards oubliés, quand les inséparables se dirigent enfin vers la sortie.

Dehors, il fait gris et la pluie tombe, glacée. Le temps est si sombre qu'on se croirait en fin de journée alors qu'il n'est que quatorze heures.

La rue Principale est vide et tranquille. À peine entend-on Joe Auto, le garagiste, en train de débosseler l'aile d'un quatre par quatre accidenté.

Une dizaine d'enfants sortant du cinéma traversent la rue en courant. Ils s'engouffrent chez Steve La Patate et commandent des hot-dogs moutarde-chou.

— Bon, Notdog est encore disparu. Je lui avais pourtant demandé de rester ici à nous attendre, dit Jocelyne, sa maîtresse.

— Pensais-tu vraiment qu'il resterait là à se faire mouiller sous la pluie? Il est laid, Notdog, mais il n'est pas fou, répond Agnès.

— Il est moins laid en tout cas que le dinosaure du film, enchaîne John. Aye,

14

c'était vraiment bon! Surtout quand le brontosaure mange le métro de Tokyo avec plein de gens dedans! Wow!

Agnès aussi a son opinion:

— Il n'avait même pas l'air vrai, leur monstre. C'était un homme déguisé, ça paraissait.

Mais pour John, l'argument n'est pas bon.

— Et puis? C'est certain, voyons, que le monstre ne pouvait pas être un vrai: les dinosaures sont extindus!

— Vraiment, John, veux-tu me dire d'où tu sors ce mot-là? On dit disparus ou éteints, pas extindus, s'exclame Agnès.

— Imaginez-vous un dinosaure qui tout à coup sortirait de la montagne, juste en arrière de l'aréna! Ce serait extraordinaire, rêve Jocelyne.

— Scientifiquement impossible. Ils ont disparu bien avant l'apparition de l'être humain, répond Agnès, catégorique.

Jocelyne allait répliquer que ce ne serait pas la première fois qu'on aurait affaire à des créatures bizarres; après tout, il y avait eu cette histoire de yeti*.

*Voir *Le mystère du lac Carré*, chez le même éditeur.

Mais voilà qu'elle est interrompue par un vacarme épouvantable. Au coin de la rue, dans un nuage de fumée, apparaît Bob Les Oreilles Bigras, sur sa moto sans silencieux.

Le motard local n'est pas bien méchant, mais pas très honnête non plus. On ne sait pas comment ni où il vit. On sait seulement qu'il va souvent en prison parce qu'il se fait toujours prendre à commettre des petits vols ici et là. Et qu'il est toujours à combiner quelque chose, la plupart du temps sans grand succès d'ailleurs. Et, dans son genre, il fait lui-même pas mal créature bizarre.

La pluie ne semble pas incommoder Bob Les Oreilles le moins du monde. Son casque d'armée sur la tête, il roule lentement en direction du cinéma. Les inséparables le regardent venir.

— Il y a bien longtemps qu'on l'a vu dans les parages, observe Jocelyne.

C'est alors que Bob passe devant eux:

— Salut, les microbes! Sortez-vous d'un microfilm?

Et il éclate de rire trouvant sa blague bien bonne, tout en poursuivant son chemin.

— Ça ne va vraiment pas mieux dans sa tête, dit Agnès.

— Il n'a jamais été bien dans sa tête, si vous voulez mon avis. Alors, bon, on ne restera pas ici tout l'après-midi. Et si on allait chez toi, John? propose Jocelyne.

John réagit promptement:

— Jamais! Si vous pensez que j'ai envie d'aller chez moi! À l'heure qu'il est, Anne doit être arrivée.

Les deux filles l'interrogent du regard.

— Oui, Anne, ma cousine de Montréal, enfin, un genre de cousine. Ses parents sont des amis de mes parents. Des Français. Elle a un accent et elle est encore plus collante que la gomme de tout à l'heure.

— Elle n'est pas gentille? demande Agnès.

— Gentille? Trop! C'est toujours John par-ci, John par-là, elle me regarde comme si j'étais un champion de je ne sais pas trop quoi. Vous allez voir, on va être obligés de la traîner partout avec nous. C'est rien, elle parle toute seule en plus. Ça promet d'être soyeux!

— Joyeux, John, pas soyeux, le reprend Agnès.

Les inséparables décident donc d'aller chez Jocelyne faire une partie de scrabble. Normalement, John aurait protesté, puisque fatalement, avec ses fautes, il perd toujours. Mais cette fois-ci, il est prêt à n'importe quoi pour ne pas retourner chez lui.

Tout est tranquille dans la maison. L'oncle de Jocelyne, Édouard Duchesne, est à la tabagie, son petit commerce qui est un peu le rendez-vous du village. Jocelyne habite chez lui depuis que ses parents sont morts dans un accident de voiture, deux ans auparavant.

Seule la pluie qui vient frapper la grande vitre panoramique fait du bruit. Jocelyne verse des jus de pomme à ses amis et installe le jeu par terre. Chacun pige sept lettres avec lesquelles il devra former des mots.

— Ce n'est pas juste! J'ai un K, un Y, un W et un Z! C'est toujours moi qui ai les lettres qu'on ne peut pas placer! se plaint John, la bouche pleine de chips.

— Tu peux faire KWYZ, ricane Agnès.

— Tu peux bien rire, un jour, on va

jouer en anglais et vous allez voir qui va gagner...

C'est alors qu'on entend un chien aboyer.

— Voilà enfin Notdog! Il va encore sentir la vieille corde mouillée, dit Jocelyne.

Un deuxième aboiement.

— Il a changé sa voix, ton chien? demande Agnès.

Puis des grognements mauvais. On dirait que deux chiens se préparent à se battre.

Les enfants se précipitent dehors. Au fond de la cour sans clôture, Notdog est face à face avec un immense chien noir et blanc, moitié caniche, moitié berger allemand. Un drôle de mélange. Les deux chiens montrent les dents, menaçant de bondir l'un sur l'autre.

— Notdog! Viens ici! crie Jocelyne.

Mais son chien n'obéit pas. Elle avance, suivie de ses amis. Le berger-caniche ne semble pas impressionné par eux. Il regarde dans leur direction et exhibe deux crocs dignes d'un tigre de Sibérie. Entre les deux, une forme indéfinissable, pleine de boue.

La pluie tombe de plus belle, les chiens s'approchent dangereusement l'un de l'autre. Une corneille passe en croassant. Et tout à coup: «Pow!»

L'explosion a une force telle que le molosse détale à toute vitesse. Agnès et Jocelyne se retournent vers l'endroit d'où semble venir la déflagration. Derrière elles, John affiche un large sourire, un sac de chips déchiré à la main.

— Je suis bon, hein, pour faire éclater les sacs?

Et tous les trois se ruent sur Notdog qui n'a pas bronché. Il faut dire que rien ne l'énerve, Notdog, surtout quand il mange.

— Wow! Vous voyez ce que je vois? demande Agnès.

— Il est gros en titi! Où as-tu pris ça, Notdog? demande à son tour Jocelyne.

Notdog aboie fièrement. Jamais de sa vie de chien il n'a rapporté un si bel os. Un os qui doit bien avoir plus d'un mètre de long.

Pensif, John ouvre alors la bouche:

— Gros comme ça, je ne vois pas à quel animal ça peut appartenir... à part un dinosaure?

Chapitre III
Le paquet d'os

Les trois inséparables poussent lentement la porte de la grande salle de leur
école.

C'est une vieille école de trois étages,
en brique rouge, avec de grandes fenêtres blanches à carreaux. Une école
primaire où on trouve des classes allant
de la première à la sixième année.

On y trouve aussi la salle au plafond le
plus haut du village. C'est pourquoi on
l'a choisie pour une exposition toute
particulière.

Un petit homme en sarrau blanc, les
cheveux gommés comme s'il y avait mis
un tube complet de gel, est en conversation animée avec le grand Paquette, un
adolescent pas très habile avec sa tête,
mais très habile avec ses mains.

— *Ma stupido bambino!* écoute, il

doit bien être quelque part! Si c'était un os de perruche, je comprendrais que tu ne le trouves pas; mais un os de stégosaure, ça ne se perd pas comme ça! Il faut le trouver, l'exposition ouvre ses portes ce soir!

Jocelyne lance un regard sévère à Notdog:

— Tu vois!?

Agnès tenait toujours la porte, mais celle-ci lui glisse des mains. Bang!

Le petit homme et Paquette se retournent. Et, de derrière une colonne, surgit la directrice de l'école, Mme Olive Bureau, O. Bureau comme tous les enfants l'appellent.

Distante et efficace, elle n'est à ce poste que depuis le début de l'année scolaire. Personne ne la connaît donc vraiment. Et personne ne voit de raison de faire plus ample connaissance. Car elle est si froide qu'on la soupçonne même de n'avoir aucun sentiment.

Grande et imposante dans son tailleur gris, elle s'avance vers eux:

— Qu'est-ce que vous faites là? Vous aimez tellement l'école que vous ne pouvez pas vous empêcher d'y venir même les jours de congé?

— Hein? Non! Jamais! répondent les enfants en choeur. Ils ne détestent pas l'école, mais ne l'aiment pas à ce point!

— Alors?

Agnès pousse Jocelyne du coude. Après tout c'est son chien, c'est à elle d'expliquer.

— C'est que Notdog est arrivé à la maison avec ça. C'est à vous?

Et Jocelyne montre le paquet qu'ils ont traîné à tour de rôle, l'os de Notdog. Le petit homme se précipite dessus:

— *Mamma mia!* Mon os! Le voilà enfin!

Le petit homme s'en saisit, le retourne dans tous les sens et l'inspecte à fond:

— En bon état. En tout cas, pour son âge.

Il regarde alors les enfants, comme s'il venait juste de s'apercevoir de leur présence. Mme Bureau fait les présentations.

— Professeur, voici John, Jocelyne et Agnès. Les enfants, voici le fameux paléontologue italien, le professeur Dino Sore. Si nous avons pu monter cette exposition sur les grands dinosaures dans notre petit village, c'est grâce au professeur.

Agnès prend la parole et s'adresse au professeur:

— Quand on a vu Notdog arriver avec cet os, on s'est dit que ça ne pouvait venir que d'ici, même si nous n'avons rien vu encore. Je ne crois pas que les os de dinosaures traînent beaucoup dans notre campagne.

Voyant Agnès intéressée, Dino Sore ne se fait pas prier pour parler:

— Tu as raison. Il y a quelques millions d'années, il y en avait beaucoup dans les provinces de l'Ouest, l'Alberta, par exemple. Mais dans les Cantons de l'Est, on n'en trouve pas de trace. Il y a bien eu ici quelques mammouths, mais c'est tout.

— Êtes-vous sûr de ça? demande Jocelyne, toujours prête à douter des certitudes de la science.

— *Ma si! Ma si!* Suivez-moi, je vais vous montrer.

Et le professeur les entraîne avec lui, leur faisant faire un petit tour avant tout le monde.

Il leur montre des photos de sites de fouilles, des textes explicatifs, des moulages de fossiles. Il leur parle de l'ère secondaire, cet âge extrêmement reculé où vivaient les animaux qu'on appelle dinosaures: brontosaure, stégosaure, tyrannosaure, platéosaure, tératosaure, allosaure, camptosaure et tous les autres noms en aure, sans oublier le tricératops et le plus grand dinosaure qui ait jamais existé, le diplodocus.

— Vingt-huit mètres de long, les enfants! La taille de trois autobus scolaires! Mais le plus gros, c'était le brachiosaure, il pesait quatre-vingt mille kilos, le poids de trois mille enfants réunis!

Il leur montre des modèles réduits de squelettes dont celui du fameux dinosaure chinois, le Tsingtaosaure, trouvé justement dans la région de Tsingtao, qui a un drôle d'os pointu sur la tête. Il leur permet même de toucher au squelette du stégosaure, spectaculaire avec ses deux rangées de plaques osseuses le long de la colonne et sa queue hérissée de quatre énormes pointes.

Dieu sait comment d'ailleurs le professeur a réussi à l'emprunter à un grand musée de Toronto pour cette exposition dont on parle dans la région depuis un an.

— C'est dommage qu'ils soient tous

extind... éteints, commente John.

— Pourquoi? demande Jocelyne.

— Personne ne le sait vraiment. Certains disent que c'est à cause du refroidissement de la température. D'autres, au contraire, pensent que la température est devenue trop chaude. Il y a aussi une théorie qui parle du manque grandissant de nourriture. Et une autre qui dit qu'une comète aurait causé leur mort en s'approchant trop près de la terre. Personne ne sait vraiment.

Puis, pointant le stégosaure:

— Vous voyez, c'est ici que va l'os que votre chien a volé, dit-il en montrant ce qui est censé être la cuisse de la patte gauche arrière du stégosaure.

— Volé, volé, c'est vite dit, grommelle Jocelyne.

Puis il s'arrête au centre de la salle, devant une forme carrée recouverte d'un drap blanc.

— Ceci, mes chers enfants, est très certainement le clou de l'exposition. Il tire le drap et dévoile du même coup une vitrine au centre de laquelle se trouve un oeuf de dinosaure parfaitement bien conservé. Un oeuf plus gros qu'un ballon

28

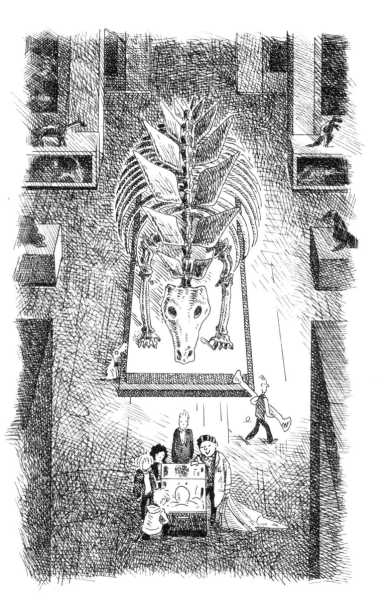

de football.

— C'est un vrai? demande Jocelyne.

— Un vrai? *Ma si! Ma si!*

À ce moment précis, la porte d'entrée s'ouvre et entre dans la salle Constant Perdu, le titulaire de la 6e année B, diplômé de l'université en histoire. Il s'approche du groupe.

— Prêt pour ce soir, mon cher Dino? Oh! bonjour madame Bureau. Constant Perdu s'incline devant elle et, chose rare, Olive Bureau sourit. Il se tourne vers les inséparables:

— Et vous trois, on vous fait un traitement de faveur?

Sans attendre de réponse de personne, il commence à examiner l'oeuf, posant sur son grand nez des demi-lunettes de presbyte.

Constant Perdu est un homme beaucoup plus à l'aise au milieu de ses livres d'histoire que devant une classe. Cela ne lui attire pas l'amitié des enfants, d'autant plus qu'il s'adresse toujours à eux en disant:

— Dans les temps anciens, encore plus anciens que dans mon temps, la vie était plus agréable et les enfants pas mal mieux élevés.

Constant Perdu ramasse tout ce qui semble le moindrement vieux, des livres aux bouteilles de lait en verre. On dit aussi qu'il dépense presque tout son modeste salaire de professeur et qu'il s'endette même afin de se procurer les objets qu'il convoite, pour son seul plaisir et sa passion de collectionneur. Il vit d'ailleurs dans un fouillis total, un bric-à-brac complètement en désordre, ce qui contraste beaucoup avec son allure soignée.

— Belle pièce, belle pièce, commente-t-il.

— *Ma si! Ma si!* Ce que tous les scientifiques rêvent d'exposer sur la cheminée de leur salon, ajoute Dino Sore.

John pose alors une question:

— Est-ce qu'il y a un bébé dinosaure dans l'oeuf?

— Mais oui, répond Dino Sore.

— Et est-ce qu'il pourrait écloser un jour?

— Éclore, John, on dit éclore, pas écloser lui signale Agnès discrètement, pas tout à fait sûre cette fois-ci.

Avant que le professeur réponde, la

porte s'ouvre de nouveau. Une petite forme s'introduit, dégoulinant d'eau de pluie. Du capuchon d'imperméable trop grand ne dépassent que deux immenses yeux bleus. C'est plus fort que lui. Excédé déjà, John laisse échapper:

— Ah non! Pas elle!

Et Anne s'avance vers eux.

Chapitre IV
On s'expose
à l'exposition

Vers dix-huit heures, il fait déjà noir et la pluie a cessé. Habituellement vide et sombre à cette heure-là, l'école est éclairée de toutes parts. À peu près tous les habitants du village se dirigent vers l'exposition intitulée par Dino Sore *Le sort des dinosaures*.

Parmi les visiteurs, John et Anne s'amènent rapidement.

— Arrête de marcher si vite, John, je ne peux pas te suivre, moi!

— Écoute, Anne. Je n'ai pas rien que ça à faire, t'attendre.

— Oui mais moi, j'ai des petites jambes. Tu veux te débarrasser de moi, hein? Tu veux me perdre dans le noir, c'est ça? Tu ne veux pas t'occuper de moi, je le sais...

— Je ne me suis pas occupé de toi aujourd'hui, peut-être? D'abord il a fallu attendre que tes souliers sèchent avant de pouvoir repartir de l'école. Ensuite on est allés manger une poutine chez Steve La Patate parce que tu avais faim. En passant, je ne sais pas où tu mets toute ta nourriture, maigre comme tu es.

— Tu me trouves laide, c'est ça? Hein? Dis-le que tu trouves que je suis moche! Que je suis un vrai pichou!

— Je n'ai jamais dit ça. Tu es très jolie, bon, contente?

— Tu le penses vraiment?

— Mais oui, c'est correct là?

— Vraiment, vraiment, pour vrai?

— Aye, est-ce qu'il faut que je le répète tout le temps?

— Non, ça me va, répond Anne, ravie.

John enchaîne:

— Ensuite on a joué au scrabble chez Jocelyne et on t'a laissée gagner. Puis il a fallu rentrer à travers les champs mouillés parce que mademoiselle voulait flatter une vache pleine de boue. Après tu m'as fait sortir toute ma collection de cartes de chanteurs. Et enfin j'ai été obligé de te donner mon dessert. Ça fait que... arrête de m'achalander!

— Achaler, John, pas achalander, le reprend Anne.

— Ah non! Tu ne vas pas commencer ça, toi aussi! lance John, franchement exaspéré.

Et il accélère le pas jusqu'à la porte de l'école.

À l'intérieur, le vin mousseux servi dans des verres en plastique coule à flots. Des petits groupes se pressent autour des éléments de l'exposition.

Parmi l'assistance, on remarque le maire Michel, très fier des initiatives du conseil municipal. Il y a tout d'abord cette exposition qu'il considère comme son bébé. Et ensuite la fête costumée d'Halloween demain soir. Grosse fin de semaine d'activités dans ce village tranquille.

Puis on note la présence de Jean Caisse, le gérant de la caisse populaire, de Mimi Demi, la patronne du Mimi Bar and Grill, du chef de police, le Chef, de O. Bureau, de Constant Perdu, de Raymond Cash, le serveur, de monsieur Bidou, l'aubergiste et de tous les copains de l'école et leurs parents.

Au fond de la salle, Bob Les Oreilles Bigras sirote son mousseux tranquillement.

— Tu as vu? Je ne savais pas que Les Oreilles s'intéressait aux dinosaures, dit Agnès à Jocelyne, alors qu'elles pénètrent ensemble dans la salle.

— Quand on a l'air d'un homme des cavernes comme lui, ce n'est pas étonnant je trouve, répond Jocelyne en riant.

Sur l'estrade, Dino Sore tape sur le micro installé pour la conférence de presse afin de vérifier s'il fonctionne. Près de lui, une jeune femme avec de grosses lunettes noires a sorti un calepin et se prépare à prendre des notes.

— Hum, hum! Mesdames et messieurs, bonsoir et bienvenue à l'exposition *Le sort des dinosaures*. Et le professeur commence sa conférence.

Il remercie le maire et ceux et celles qui l'ont assisté, et explique de nouveau tout ce qu'il a déjà expliqué aux inséparables l'après-midi.

Après vingt minutes et plusieurs bâillements dans l'assistance, Dino Sore demande enfin si quelqu'un a des questions à poser. La première vient d'une toute petite voix, celle de Dédé Lapointe.

— Est-ce qu'il y a du danger que les squelettes se réveillent?

Tout le monde rit et le professeur essaie de se montrer rassurant:

— Ne t'en fais pas avec ça, mon *bambino*. Des os, ça ne vivra jamais.

Pourtant Dédé reste méfiant. C'est alors que la deuxième question vient, posée par la dame aux lunettes noires.

— Des os, d'accord, mais un oeuf? D'éminents scientifiques à travers le monde prétendent qu'il serait possible de couver et de faire éclore un oeuf comme celui-ci.

— Des fous! Des illuminés! C'est impossible! Comment voulez-vous qu'après des millions et des millions d'années un bébé naisse? Tout d'abord, comment se serait-il nourri? C'est complètement insensé. Ce qui est dans cet oeuf est bel et bien mort.

Encore deux ou trois questions techniques, quelques verres de mousseux, puis des poignées de main et des bonsoirs et tout le monde rentre chez soi.

La nuit est froide et le vent d'ouest

laisse sur son passage une odeur de neige.

Le lendemain matin, l'oeuf de dinosaure avait disparu.

Chapitre V

Pendant que le temps file, quelques suspects défilent

Toussant à tous les deux mots, le maire Michel fulmine. Non mais comment est-ce qu'on a pu lui faire ça à lui? Voler le clou de son exposition? Car il considère qu'il s'agit de son exposition, étant le maire du village.

Appuyé au comptoir de la tabagie d'Édouard Duchesne, il s'allume une cigarette avec celle qu'il n'a pas terminée.

— Teuf, teuf! Je vais lui en casser un oeuf sur la tête à mon voleur! Je vais lui en faire manger deux douzaines, moi... Et crus à part ça!

Agnès grimace de dégoût à cette idée, elle qui déteste les oeufs sous toutes les formes, sauf quand ils servent à faire des gâteaux.

Les inséparables, accompagnés d'Anne, «le chien de poche», comme dit John quand elle n'entend pas, se trouvent eux aussi à la tabagie. C'est l'endroit où tout le village passe, vient discuter, raconter des potins et donner son opinion. Justement, le professeur Dino Sore se pointe.

— *Mamma, madonna!* Avez-vous des bonbons? Il faut que je mange quelque chose pour me calmer!

Édouard Duchesne lui tend trois boules noires. Dino sanglote:

— On ne le retrouvera jamais dans ce trou perdu!

Insulté, le maire réagit:

— Hé ho! Une minute là, le village n'est pas un trou perdu. Je vous demande bien pardon!

Mais Dino ne l'écoute pas et sanglote de plus belle:

— Mon trésor, mon bébé, ma richesse, ma fortune...

L'attention captée par les hauts cris du professeur, personne n'a vu entrer la femme aux lunettes noires:

— VOTRE trésor? Il me semble que

cet oeuf appartient à un musée de Toronto... Je me présente, Manon Crayon, du journal *Le papier*.

Tout d'abord bouche bée de surprise, le professeur se reprend, bégayant:

— Euh, oui, euh, évidemment, madame Crayon, l'oeuf du musée! C'est juste une façon de parler...

— Un paquet de gomme, s'il vous plaît. Comment le voleur a-t-il pu s'y prendre? demande Manon, dont le métier est bien sûr de poser des questions.

— Le voleur? Ou... la voleuse peut-être? lance Constant Perdu qui entre acheter son journal du matin.

Jocelyne murmure à John:

— Ils se sont tous donné rendez-vous ici, on dirait.

Manon Crayon paye sa gomme calmement avant de parler:

— Ou la voleuse... bien sûr... Mais, dites-moi, qui aurait eu intérêt à voler cet oeuf, d'après vous?

Constant Perdu ouvre la bouche pour faire des suppositions, sauf que c'est une autre voix qu'on entend, celle de Bob Les Oreilles Bigras.

— Salut les fossiles! Alors, tout le

monde est sur le gros nerf à matin? Une piastre d'outils en chocolat, mon Édouard.

— Tu ne trouves pas que tu as les dents assez cariées comme ça? lance le maire Michel qui déteste Bob.

— Bof! je les remplacerai! Ce n'est pas comme vous, hein? Des poumons, ça ne se remplace pas à ce que je sache?

— Effronté! lance le maire.

Mais Bob change tout de suite de sujet:

— On n'est pas pour se chicaner, hein? Il y a des problèmes plus intéressants, il me semble.

Il s'avance vers Constant Perdu:

— C'est une belle antiquité pour un collectionneur, un oeuf de dinosaure, la plus vieille que vous n'aurez jamais. Et qu'est-ce qu'on fait quand on ne peut pas se la payer?

Constant Perdu réplique:

— Qu'est-ce que tu vas insinuer?!

Bob regarde Manon Crayon:

— Ou bien, quand les journalistes n'ont rien à raconter, ça peut être tentant d'organiser un petit vol, ça fait une belle nouvelle, non? C'est tellement plat de se déplacer pour rien...

Manon sourit à moitié:

— Vous avez beaucoup d'imagina-
tion, monsieur.

— Les Oreilles, mon nom, pas monsieur. Et Dino Sore là, le rêve de ta vie,
avoir un oeuf comme ça chez vous...

— *Ma!* c'est un fou!

C'est alors que Mme O. Bureau fait

son entrée.

— Ouf! Il fait vraiment froid ce m̲.̲ Oh! bonjour, monsieur Perdu. Il y a une réunion ici ou quoi? demande-t-elle, voyant tout ce beau monde devant elle. Bob y va encore de suppositions:

— Et vous, la Bureau, on ne vous connaît pas. Que faisiez-vous avant de venir ici? Hum? Mais peut-être que vous ne voulez pas qu'on en parle...

O. Bureau a une seconde d'hésitation:

— Écoutez, vous faites des suppositions que je n'aime pas du tout, monsieur.

— Les Oreilles, pour les intimes.

C'est alors que Bob s'aperçoit de la présence des inséparables:

— Que je ne vous voie pas vous mêler de ça, les microbes! Sans ça, je vais vous arranger le portrait!

Édouard Duchesne intervient alors:

— Tes menaces, va les faire ailleurs. On n'a pas besoin de toi ici. Allez, dehors.

Avec un petit sourire, Bob s'incline et se dirige vers la porte. Juste avant de sortir, il se retourne:

— C'est Les Oreilles qui vous le dit: «Il y a quelqu'un ici qui ne fera pas de vieux os... en liberté en tout cas.»

Chapitre VI
Qui va voler... la vedette?

— Vous sentez le chien mouillé! Et Notdog reste dehors, il a les pattes pleines de boue! lance la mère d'Agnès au moment où les inséparables pénètrent chez elle.

Rapidement ils la saluent et se précipitent au sous-sol où Agnès s'est aménagé un coin à elle avec les vieux meubles dont voulait se débarrasser sa mère.

Anne est tout excitée:

— Est-ce qu'il va y avoir des bandits et des enquêtes et des poursuites et des dangers et des menaces et des arrestations et de la prison et des enlèvements et des...

— Wow! Minute, la tache! Et puis si tu penses qu'on va t'entraîner dans une situation pouilleuse!

— Périlleuse, John, pas pouilleuse, périlleuse, le reprend Agnès, toujours attentive.

Mais Anne ne se laisse pas démonter.

— Je veux le trouver, le voleur, moi!

Jocelyne essaie de la raisonner doucement:

— Écoute, Anne, tu es bien trop jeune pour t'embarquer dans ce genre d'histoires. Ça peut être très dangereux, tu sais.

— C'est ça, vous pensez tous que je suis un bébé-la-la, hein?

Et Anne va s'asseoir sur un pouf en boudant.

De son côté, Agnès s'enfonce au creux d'un sofa trop mou et réfléchit à voix haute.

— Vous ne trouvez pas que les larmes de Dino Sore n'étaient pas très convaincantes? Des larmes de crocodile, je crois.

— Des larmes de dinosaure, je dirais, ajoute Jocelyne en riant.

— Et c'est vrai que Constant Perdu, avec sa passion des vieilleries... Ça l'obsède complètement, continue Agnès.

— Et la journaliste, Manon Crayon,

croyez-vous que c'est une vraie journaliste? demande Jocelyne.

— Une pointure? suggère John.

— Une imposture, John, imposture. Peut-être. Elle n'a montré sa carte de presse à personne à ce que je sache.

— Et O. Bureau? C'est vrai qu'on ne la connaît pas, dit Jocelyne. Et Bob Les Oreilles là-dedans? Pourquoi a-t-il supposé que le ou la coupable était un de ceux-là?

Agnès soupire.

— Bon d'accord, il y a eu vol. Il y en a chaque jour. Ce que je ne comprends pas, c'est que tous semblent faire du mystère. Et surtout, le mobile. Pourquoi? Collectionner? Revendre? Forger une histoire?

Jocelyne l'interrompt:

— Ou peut-être couver l'oeuf? Et le faire éclore? À la conférence de presse, Manon Crayon disait que plusieurs scientifiques y croient.

— Alors, on risque de voir apparaître un bébé dinosaure dans la région? demande John.

— Si l'oeuf est toujours ici, précise Agnès.

— En tout cas, nos suspects le sont. Je parierais qu'il n'est pas loin, cet oeuf, poursuit Jocelyne.

John a une autre idée:

— Et si cet oeuf contenait autre chose? S'il s'agissait d'une cachette pour, je ne sais pas, de la drogue, des pierres précieuses, même des timbres rares? C'est peut-être pour ça qu'on ne comprend pas le débile.

— Mobile, John, pas débile. Ce n'est pas bête. On dit toujours que la meilleure façon de cacher quelque chose, c'est de l'exposer à la face de tout le monde, ajoute Agnès.

— Oui, mais par où commencer? demande Jocelyne.

Personne ne sait.

Anne assiste à la conversation en silence. Non mais qu'est-ce qu'ils s'imaginent? Qu'elle porte encore des couches? Elle en a assez d'être traitée en demi-portion.

Elle va leur montrer de quoi elle est capable. Elle a même déjà sa petite idée. Elle se lève, met son imperméable. Agnès la voit:

— Où vas-tu?

— Dehors, je m'ennuie ici.

Jocelyne proteste:

— Écoute, il fait froid, tu ne devrais pas sortir!

— Oui, je sors. Je vais aller jouer un peu avec Notdog. Lui, il ne me traite pas de bébé, au moins.

Agnès veut réparer les pots cassés, mais John intervient:

— Laisse faire, Agnès. Si elle veut sortir, qu'elle sorte. On pourra discuter tranquillement, entre grands.

Anne lance un regard fâché et en même temps déçu à John. Comment peut-il être si bête avec elle qui l'aime tant? Sans rien ajouter, elle sort et retrouve Notdog, couché dans la boue et souffrant, lui aussi, d'ennui. La pluie a cessé.

— As-tu envie d'une promenade?

Notdog se lève, remue la queue de plaisir. Enfin, on va peut-être s'amuser un peu.

Comme si elle avait entendu la réflexion du chien, Anne lui dit:

— Allez viens, on va s'amuser un peu. Enfin, j'espère. Tu n'es pas trop peureux, au moins?

Peureux? Notdog peureux? Notdog le

chien le plus courageux du village? Il jappe pour lui montrer toute sa bravoure.

Et Anne ferme discrètement la porte de la cour pour qu'on ne s'aperçoive pas qu'elle et Notdog sont partis à l'aventure.

Chapitre VII
L'entrée en matière

Les alentours de l'école sont déserts. La porte d'entrée est fermée à clé, sur ordre du chef de police.

— Il doit bien y avoir une ouverture quelque part! Allez, cherche Notdog! ordonne Anne, tremblante de froid et d'excitation.

Notdog, laid mais intelligent, comprend évidemment ce qu'on attend de lui. Avec le plus grand sérieux et son nez mouillé, il commence à chercher.

Les fenêtres sont toutes verrouillées. La porte qui donne sur la cour de récréation refuse, elle aussi, de s'ouvrir. L'entrée des marchandises, fermée à double tour. Dans la morosité de cet après-midi gris, on n'entend que le toc! toc! toc! de la pluie contre les carreaux et sur le ciré d'Anne.

Anne et Notdog essaient chacune des issues. En vain. Notdog s'assoit au beau milieu d'une flaque d'eau et jappe un coup, l'air de dire que le jeu n'est pas drôle du tout et qu'on ferait bien d'aller ailleurs. Pourquoi pas lui lancer la balle au terrain de baseball? Il adore ça!

Mais Anne est tenace.

— Écoute, Notdog, on ne peut pas retourner les mains vides. De quoi j'aurais l'air? Et le seul endroit où on a des chances de trouver une piste, c'est ici. Et il faut faire vite, avant que la police vienne fouiller les lieux, si on veut découvrir quelque chose.

Notdog reprend sa ronde. Il passe devant les mêmes portes, les mêmes fenêtres fermées. Découragée, Anne lève les bras au ciel. C'est alors qu'elle aperçoit, au premier étage, une fenêtre entrouverte en haut. Elle peut donc facilement l'atteindre à l'aide d'une petite échelle.

— Par là! signale-t-elle à Notdog.

Elle refait le tour de l'école en cherchant une échelle. Rien. Mais elle se dit qu'il doit bien y en avoir une chez le voisin le plus proche: à la campagne, tout le monde en a.

Elle aboutit alors chez la mère Ingue, la pâtissière d'origine belge. Justement, elle est dans sa boutique qui occupe le devant de la maison. Anne peut donc chercher tranquillement dans la remise. Elle trouve une petite échelle... bien lourde pour elle.

Elle enlève son foulard et l'attache à une extrémité:

— Tiens, Notdog, tu vas m'aider. Tire.

Notdog mord dans le foulard, tire et Anne pousse. L'échelle avance.

— Dis donc, Notdog, tu n'es pas gros, mais tu es bien fort!

Il tire, elle pousse, tire, pousse. Par chance, la pluie force les gens à rester chez eux. Personne pour les remarquer. Ils arrivent enfin à l'école et Anne appuie l'échelle contre le mur.

— Ça va!

Elle monte, pose ses mains sur le châssis, ôte la chaîne qui le retient, se hisse et se laisse glisser dans l'ouverture. Notdog entend alors le bruit que font ses bottes en touchant le sol. Maintenant à l'intérieur, Anne ouvre la fenêtre du bas.

— Allez! Viens!

Notdog hésite. Il est bien prêt à faire

ce qu'on lui demande, mais monter dans une échelle, voilà une chose qu'il déteste au plus haut point. D'un autre côté, son instinct lui dit qu'il ne doit pas laisser Anne toute seule. Il pose une patte sur un barreau, glisse, la repose, se plaint en geignant et, péniblement, se hisse jusqu'à la fenêtre. Anne l'agrippe.

— Tu es vraiment un chien super extra génial! Tu devrais faire partie du Cirque du Soleil!

Très fier de lui, Notdog agite la queue. Ouf! Mais il espère qu'il n'aura pas à sortir par là.

Il ne sait pas encore qu'il ne sortira pas du tout.

Chapitre VIII
Le paradis des chiens

Notdog est émerveillé! Tous ces os magnifiques pour lui tout seul! Il tourne autour du squelette du stégosaure et pense que voilà bien la plus étrange et la plus belle vache qu'il ait jamais vue!

Anne s'affaire autour de la vitrine éclatée. Elle cherche.

Non, mais avez-vous vu cet extraordinaire tibia? Notdog se demande où il pourrait l'enterrer. Chez lui, pas question; il sait confusément que Jocelyne ne sera pas d'accord. Elle l'a bien forcé à rapporter sa première découverte.

Dans la cour de Joe Auto? Hum! Et s'il le trouvait? Il pourrait s'en servir pour débosseler une aile d'auto, ça ferait une masse parfaite.

Près de la rivière où les inséparables vont se baigner? Oui, voilà l'endroit idéal puisqu'ils n'y retourneront pas avant l'été prochain.

— Aide-moi, Notdog! Cherche, enfin!

Mais comment voulez-vous que Notdog cherche un maigre indice alors que se dresse devant lui la plus belle collection de fémurs, clavicules, vertèbres, omoplates et côtes de tous les Cantons de l'Est?

— Il n'y a rien ici, on va explorer un peu. Tu viens?

Mais Notdog n'a pas du tout l'intention de quitter ce paradis pour aller se balader dans des couloirs d'école sans intérêt.

— Bon, bon, j'y vais toute seule alors. Je n'ai pas peur, tu sais!

Mais c'est en tremblant des pieds à la tête qu'elle franchit la lourde porte d'entrée de la salle, qu'elle laisse ouverte.

Trop occupé à décider lequel de ces trésors il choisira, Notdog ne s'aperçoit pas que les pas qu'il entend soudain ne sont pas ceux d'Anne.

Chapitre IX
Tu brûles! Tu brûles!

— Ça ne me fait rien, moi, mais il commence à faire noir et ta Française n'est pas revenue. Si on veut tous avoir le temps de rentrer chez nous, de manger et de se costumer pour ce soir... remarque Agnès.

John, à qui s'adresse la remarque, réagit par une grimace. Les inséparables ont passé l'après-midi à discuter et à faire des hypothèses, sans grand résultat.

Jocelyne aussi trouve qu'il est tard:

— On devrait aller la chercher. Elle ne doit pas être loin et comme elle est avec Notdog, il n'y a pas à s'inquiéter.

Les deux filles enfilent leur manteau. John traîne un peu; il avait presque entièrement oublié Anne, pour son plus grand plaisir.

Il prend un temps fou à se vêtir et

quand il sort enfin, Jocelyne a déjà appelé son chien plusieurs fois:

— Ce n'est pas normal qu'il ne réponde pas.

L'heure est entre chien et loup et les arbres au loin sont passés du vert au noir.

— Pas contente d'être collante, il faut en plus qu'elle témoigne! bougonne John.

— S'éloigne, John, pas témoigne, dit Agnès. On va la chercher.

Jocelyne est d'accord, John aussi même s'il vient à reculons. Jocelyne ramasse une lampe de poche, car la nuit va tomber d'un moment à l'autre. Et ils partent.

Ils explorent alentour, débouchent sur la rue Principale. Ils entrent chez Steve La Patate qui, bien sûr, n'a vu ni Anne ni Notdog.

Ils vont jusqu'au cinéma, prennent la direction du parc, passent par la cour de l'auberge Sous Mon Toit où Notdog vient parfois faire les poubelles. Rien, évidemment.

Il fait de plus en plus sombre.

Ils vont s'abriter sous le porche de la caisse populaire.

— Rien que du trouble, cette fille-là! grogne John.

— Bon, arrête! Elle est gentille quand même! le gronde Agnès.

De son côté, Jocelyne réfléchit:

— Voyons. Notdog n'est jamais très loin. Il part faire des balades, mais rentre toujours en fin d'après-midi. Qu'est-ce qui aurait pu le retenir ailleurs, au point de ne pas rentrer...?

— Il a dû trouver des os de poulet dans une poubelle! suggère John.

— C'est vrai que son estomac est plus fort que sa raison.

— En admettant qu'il en a une, blague Agnès, ce qui ne fait pas rire Jocelyne une miette. Elle poursuit sa réflexion:

— Nourriture... depuis le temps qu'il est parti, il a dû faire avec Anne son circuit complet de poubelles. Alors où peut-il bien être?

— Il a peut-être trouvé un autre os comme il a fait hier matin, dit Agnès sans y croire.

— Mais oui! Et s'il était allé à l'école justement, au cas où il en trouverait un? Ce serait tout à fait son genre. Et puis, on a déjà ratissé le reste du village, on ne perd rien à aller voir de ce côté-là, propose Jocelyne.

Et les inséparables se dirigent vers l'école, alors qu'à la salle de bingo du village les préparations pour la fête d'Halloween de ce soir vont bon train.

***

— Qu'est-ce qu'on fait ici? C'est fermé comme une tombe et il fait noir comme chez le diable! Ils ne sont pas ici c'est certain! dit Agnès qui suggère de s'en retourner.

Mais Jocelyne, qui promène sa lampe de poche autour, s'écrie:

— Regardez! Là! Une échelle contre le mur.

Les inséparables avancent. Il fait maintenant tout à fait noir et l'école a un air lugubre. Le faisceau de la lampe éclaire mal.

— La pile est presque morte, c'est gai! dit Jocelyne qui regarde attentivement par terre.

Elle dirige ensuite sa lampe vers le mur et observe:

— La fenêtre est ouverte, bizarre. Et puis, je ne m'appelle pas Jocelyne si ce ne sont pas des traces de pattes de chien tout près du bas de l'échelle.

— Tu crois qu'Anne serait montée ici? Voyons, elle est bien trop moumoune pour ça! s'exclame John.

— Nounoune, pas moumoune, nounoune. Et regardez, c'est plein de boue sur les marches, dit Agnès.

Jocelyne les éclaire:

— Oui, ici, on voit de la boue de la largeur d'un petit pied. Là, c'est tout étalé, comme si le grimpeur avait glissé.

— Ou le chien peut-être? lance John.

Les trois amis se regardent gravement.

— Pas de temps à perdre, dit Agnès en s'élançant déjà dans l'échelle, suivie de près par ses amis.

Ils sont tombés dans la classe de 5e année B. Le grand tableau est propre, les pupitres rangés. Sur un mur, sont accrochés des dessins que les élèves ont faits d'après un roman qu'ils ont lu.

En silence, les enfants se dirigent vers la porte. Ils n'osent pas allumer, leurs expériences lors des enquêtes précédentes leur ayant appris la prudence.

Ils se retrouvent dans le couloir qui sent le désinfectant et longent le mur. Normalement, c'est en courant qu'ils le traverseraient. Mais l'école, dans le noir, n'est plus du tout pareille. Elle devient menaçante.

Ils arrivent à la grande salle. Une faible lueur leur parvient du dehors. Dans la pénombre, les ossements ne leur semblent plus aussi morts qu'avant. On dirait que le stégosaure a grandi tout à coup. Que les fossiles bougent. Que de la vitrine éclatée va sortir un ptérodactyle. Que derrière eux va surgir un tyrannosaure bien vivant avec ses dents acérées et meurtrières.

Les enfants avancent en retenant leur souffle comme si un seul mot de leur part allait réveiller ce monde préhistorique endormi.

— Ayoye donc! crie John qui vient de trébucher sur une masse inerte.

— Fais attention! chuchote Agnès.

— Je ne l'ai pas vu! Ouache! C'est tout poilu!

John a le réflexe de se reculer. Les filles s'approchent prudemment. Puis, un geignement. Jocelyne s'élance:

— Notdog!

À ses pieds gît son chien.

— Mon chien, mon toutou, Notdog, réveille-toi, es-tu blessé? Les mots se

bousculent dans sa bouche.

John l'examine, habitué à regarder faire le vétérinaire lorsqu'il vient soigner les chevaux que possède son père.

— Il a l'air bien endormi. Et s'il est ici, ça veut dire qu'Anne n'est pas loin et probablement dans le lutrin.

— Pétrin, John, pas lutrin.

Jocelyne, qui refuse de laisser son chien là, le prend dans ses bras et le transporte malgré qu'il pèse bien lourd. John promène la lampe de poche sur les murs, le plancher. Rien dans cette pièce. Ils ressortent dans le corridor et, arrivés au bout, ils hésitent.

— La chambre des fournaises. Je n'ai jamais vu quelqu'un passer cette porte-là. On essaie? demande Agnès.

Ils l'ouvrent sans bruit. Un ronron sourd de machines leur parvient. John éteint la lampe de poche. Ils marchent dans le noir avec tellement de précautions que même un chat à l'ouïe extrêmement

fine ne les entendrait pas venir.

Agnès aide Jocelyne qui porte tou-jours Notdog, tout mou. Au fond de la salle, une lumière. Derrière une fournai-se, un étrange spectacle s'offre à eux.

Dans un coin, l'oeuf volé, délicatement déposé dans une boîte dorée. Sur une chaise, Anne, endormie, les bras ballants.

Près d'elle se tient un cheik arabe.

Chapitre X

C'est comme l'oeuf de Christophe Colomb

Le cheik a le visage couvert d'un voile accroché à son turban. Il fait quelques pas vers l'oeuf, passe une main dessus comme s'il le caressait.

Anne gémit un peu. Il s'approche, lui ouvre un oeil qu'elle referme aussitôt.

Il va vers une table où il ramasse un flacon et une ouate. Il tourne la tête en direction d'Anne, immobile, hésite, s'avance, lui ouvre un oeil de nouveau, puis il change d'idée, revient sur ses pas et repose le flacon.

John murmure alors à ses amies:

— C'est du conforme!

Agnès chuchote:

— Du chloroforme, John, pas du conforme!

S'il avait été dehors, John aurait fait une crise d'exaspération! Mais il doit retenir ses protestations et même son souffle s'il ne veut pas qu'ils soient repérés.

Le cheik regarde sa montre, retourne voir Anne, s'agenouille devant elle. Il lui pince le bras. Elle ne réagit pas. Il va vers l'oeuf, ferme la boîte et commence à l'emballer comme si c'était un cadeau.

Son paquet terminé, il vérifie l'heure de nouveau. Puis il éteint la lampe de camping qui lui sert d'éclairage, allume sa lampe de poche et se dirige vers la porte.

Au moment où il passe tout près des inséparables, Notdog gémit. Le cheik s'arrête pile.

En moins de temps qu'il faut pour le dire, Jocelyne se couche littéralement sur son chien et couvre le bruit de sa respiration.

Quelques secondes passent. Silence. Le cheik écoute.

Silence total.

Il repart, ouvre la porte que les inséparables ont déjà franchie, la verrouille. On entend le scouitch! scouitch! des sandales du cheik qui collent un peu sur le plancher ciré en s'éloignant.

Jocelyne allume sa lampe de poche et tous trois se précipitent vers Anne. John la secoue un peu:

— Réveille-toi, Anne, réveille-toi!

Pour seule réponse, une petite plainte. John cherche:

— Ça prendrait quelque chose de fort, mais quoi?

— Yark! Essaie ça! C'est fort en mausus!

Avec une grimace, Agnès lui tend un autre flacon trouvé juste à côté de la bouteille de chloroforme. Elle l'a ouvert. John le passe sous le nez d'Anne qui secoue la tête. Elle ouvre les yeux:

— John! Tu es venu me sauver! Qu'est-ce que je suis contente! Alors, tu m'aimes bien?

Elle met ses bras autour du cou de John qui, pour une fois, ne la repousse pas et ne lui fait aucune réflexion désagréable. Et puis, il faut dire qu'il n'en a pas envie du tout. Il a eu très peur en la voyant ainsi, inerte, très peur qu'il lui soit arrivé un véritable malheur. Il l'aime bien finalement, au fond, au bout du compte et tout court.

— Ça va mieux? lui demande-t-il doucement.

Anne est déjà presque entièrement revenue à son état d'excitation normal:

— Oui, mais j'ai eu très peur, tu sais! Le cheik m'a collé une ouate sur le nez et je ne me souviens plus de rien!

— Le cheik, c'est certainement un déguisement. Qui se cache dessous, Anne? demande Agnès.

Anne hésite:

— Je ne sais pas...

— Tu ne l'as pas entendu parler?

— Non.

— Tu n'as pas reconnu un geste, une attitude, quelque chose, je ne sais pas, moi, un détail qui t'aurait permis de l'identifier?

— Euh! non. Je ne connais personne, moi, dans ce village... Comment voulez-vous que je reconnaisse quelqu'un alors?!

— Évidemment, soupire Jocelyne.

— En tout cas, ce déguisement, ce doit être pour la fête de ce soir. On n'a qu'à y aller et le mastiquer là! dit John.

— Démasquer, John, pas mastiquer. Tu as raison. Mais il faudra d'abord sortir d'ici, enchaîne Agnès, pratique. Ce qui est certain, c'est que notre cheik a des clés.

Jocelyne répond à cette observation:

— Oui, mais ça ne veut rien dire. Ça peut être n'importe qui! C'était un jeu d'enfant d'aller fouiller dans le bureau de O. Bureau et de faire faire des doubles au village d'à côté, par exemple! L'école était ouverte à tout le monde et seule l'exposition était surveillée.

La porte est donc fermée à clé. En cherchant bien, la seule issue qui s'offre, c'est un minuscule soupirail.

— Il est trop étroit pour nous, dit Jocelyne.

— Pas pour moi! lance Anne.

Les inséparables se regardent, incertains. Et John s'exclame enfin:

— Mais oui, Anne! Fallait y penser! Elle a juste la bonne taille!

Il lui faudra se faufiler dehors et refaire le chemin inverse, c'est-à-dire remonter dans l'échelle et repasser par la fenêtre. Elle doit trouver le bureau de O. Bureau selon les indications des inséparables et prendre toutes les clés qu'elle va trouver dans les tiroirs, en espérant que celle dont ils ont besoin s'y trouve.

Elle doit ensuite retraverser les couloirs

pour aboutir à la chambre des fournaises et essayer de déverrouiller la porte.

— Je ne vois pas d'autre solution, dit John, hésitant quand même.

Les autres acquiescent.

— Tu crois que tu y arriveras? On peut essayer de trouver un autre moyen, tu sais. Tu as déjà eu ta part, aujourd'hui, ajoute gentiment John, inquiet.

Anne lève les yeux au ciel:

— Faites-moi confiance, pour une fois!

Ils la hissent vers le soupirail. Elle l'ouvre et c'est un peu chancelante qu'elle entreprend sa mission.

***

Une demi-heure plus tard, juste au moment où Notdog se réveille enfin, les inséparables entendent la porte s'ouvrir. Mais c'est une grosse voix qui leur parvient.

— Je sais que vous êtes là.

Les inséparables arrêtent de respirer.

Et soudain, un petit éclat de rire.

— Je vous ai bien eus, hein? Anne est là, triomphante.

Pas le temps de l'étriper comme chacun voudrait le faire. Avant de se précipiter à la fête d'Halloween, ils doivent d'abord chercher le chef de police. Puis il faut aller se costumer. Surtout Anne, si on ne veut pas qu'elle soit reconnue par son ravisseur.

Et c'est le coeur battant qu'ils courent s'habiller, Anne en tube de pâte dentifrice, Jocelyne en fée des étoiles, Agnès en sorcière et John en banane.

Chapitre XI
Le dino sort du sac

Dans la grande salle des fêtes, le village entier s'amuse. On n'a pas l'habitude d'avoir deux grosses sorties en deux jours et cela rend tout le monde très gai.

Sauf qu'à la différence de la veille, on ne reconnaît personne, puisque chacun chacune a disparu derrière son costume.

Près de la table qui sert de bar, se pressent Louis XIV, un mousquetaire, une abeille géante et une danseuse de ballet.

Sur la piste de danse, une impératrice chinoise, un kangourou, un aspirateur et un saumon de 70 kilos se font aller les quatre fers en l'air.

Dans un coin, un petit lapin qui serre sa carotte contre lui comme si quelqu'un allait la lui voler. Même s'il porte un masque, on sait bien qu'il s'agit de Dédé Lapointe.

Ici et là, des personnes qui circulent en sirotant un verre, un homme des cavernes, un robot et un orignal, une danseuse à claquettes avec une barbe très forte sous le maquillage, Bob Les Oreilles, c'est évident.

Assis tranquillement à discuter, on trouve un cheval, un biberon, un sac de golf et un pirate.

Et les deux mains plongées dans les assiettes de sandwiches pas de croûtes, on voit un cheik arabe, un centurion romain et un crayon à bille qui s'empiffrent.

C'est une valse qui commence lorsque la porte s'ouvre et que se glissent parmi la foule le tube de pâte dentifrice, la fée des étoiles, la sorcière et la banane.

Suivis de peu par un agent de police, un vrai celui-là.

L'agent circule dans l'assistance, cherchant le Chef. Car il ne sait pas comment ce dernier s'est costumé. En abeille? En souris? En ballerine? Les inséparables l'observent, tout en surveillant du coin de l'oeil le cheik.

Anne s'approche discrètement de lui. Elle se demande s'il la reconnaîtra. Mais il ne lui porte pas attention. Anne est maintenant si près qu'elle le touche presque.

De son côté, l'agent a enfin trouvé le Chef, déguisé en sac de golf, même s'il a ce sport en sainte horreur.

Le cheik boit une gorgée de son verre. Il aperçoit soudain Anne, mais se détourne.

— Il ne m'a pas reconnue, pense-t-elle.

Le sac de golf appelle les inséparables pour leur poser quelques questions. Il veut être tout à fait certain de ce que son agent raconte.

— L'agent Lachapelle est allé vérifier vos dires. Il a bien trouvé l'oeuf volé. Vous êtes sûrs de ce que vous avancez? C'est le cheik qui est là-bas?

— Oui, Chef. Et il a en plus endormi Anne! dit John.

— Et Notdog! ajoute Jocelyne.

— Bon, c'est parfait.

Et le Chef se lève. Il ne fait pas très sérieux avec son fer no 9 qui dépasse de son col. Il s'avance.

De son côté, Anne colle toujours aux talons du cheik. L'homme des cavernes s'approche de lui et ils commencent à converser tous les deux. C'est alors qu'Anne reconnaît la voix et qu'elle s'écrie:

— Mince alors!

Elle cache sa bouche de sa petite main, mais trop tard. Le cheik se retourne vivement, la reconnaît. Sans hésiter, il s'élance vers la sortie. Mais le Chef l'arrête:

— Où tu vas comme ça, mon grand? Tu as l'air pressé! Moi qui justement rêvais d'une conversation avec un cheik arabe.

Le cheik reste figé, n'essaie même pas de s'enfuir. Le Chef continue:

— On sait que c'est toi! Voler cet oeuf, c'est un crime, mais pas trop grave. Séquestrer une petite fille, ça c'est très sérieux. Allez, assez joué, enlève ton voile.

La musique s'est arrêtée. Tout le monde se presse autour. D'une main tremblante, le cheik décroche son voile.

Et Olive Bureau éclate en sanglots.

Chapitre XII
L'amour, toujours l'amour

Le lendemain matin, la première neige était tombée. Dans la cuisine, chez John, Anne et les inséparables se préparent un petit déjeuner maison: rôties avec beurre d'érable, sirop de maïs et caramel mou, accompagnées de chocolats chauds.

Notdog, à qui les parents de John ont interdit l'entrée parce qu'encore une fois il est complètement mouillé, a tout de même une consolation: un bel os à soupe rempli de moelle.

Le Chef vient juste d'arriver, les yeux un peu cernés. Il n'a pas beaucoup dormi la nuit dernière. Mais il a promis de venir faire son rapport vers neuf heures. Et il tient toujours ses promesses.

Il parle de la nouvelle neige avec la

mère de John, accepte volontiers le café que son père lui offre, sans lait ni sucre, car il est toujours au régime.

Puis il s'installe à table.

— Vous savez, c'est la première fois que ça me fait de la peine d'arrêter quelqu'un. Olive Bureau n'est pas vraiment méchante.

— Mais elle a fait quelque chose d'illégal, observe Agnès.

— Eh oui! Le pire étant bien sûr d'avoir séquestré Anne.

Puisqu'il est question d'Anne, John lui tend justement le caramel.

— Elle aurait pu disparaître! C'est grâce à elle si on est allés à l'école: on la cherchait. C'est elle qui a tout découvert. Et elle nous a même sauvés parce qu'on était vraiment empoisonnés!

— Emprisonnés, John, pas empoisonnés, le reprend Anne, ce qui a pour effet de le vexer.

Anne est toute souriante. Parce qu'elle a joué un rôle extrêmement important? Ou parce que John l'admire, à présent? Un peu des deux. Enfin, c'est évident qu'il l'aime bien, maintenant.

— Mais pourquoi O. Bureau a-t-elle

fait ça? demande Jocelyne.

— Par amour, répond le Chef.

Devant les regards interrogateurs, il enchaîne:

— Olive Bureau était amoureuse de Constant Perdu, sans qu'il le sache. Et connaissant sa passion des objets anciens, elle a cru que ce serait le plus beau cadeau qu'elle pourrait lui offrir.

— O. Bureau amoureuse! C'est à peine croyable! Mais comment pouvait-elle croire que M. Perdu accepterait son cadeau volé? demande Jocelyne.

— L'amour pousse parfois à des gestes étranges. Elle était persuadée que Constant rapporterait l'objet en disant qu'il l'avait trouvé, sans la dénoncer. Et qu'il aurait compris combien elle l'aimait en voyant ce qu'elle était prête à risquer pour lui.

— Et Anne? s'inquiète John.

— Elle ne lui voulait pas de mal. Mais elle était dans ses jambes. Et puis Anne ne pouvait pas l'identifier. Alors, elle aurait fait semblant de la trouver là, un peu plus tard, une fois l'oeuf en lieu sûr. Et qui aurait cru une petite fille de dix ans, à moitié endormie, qui parle d'un arabe?

— Mais d'où vient-elle? Bob Les Oreilles Bigras a insinué qu'elle avait intérêt à taire son passé, dit Agnès.

— D'une autre école, simplement. Qu'elle a quittée parce qu'elle était amoureuse d'un professeur qui ne l'aimait pas. C'est pour ça qu'elle préférait ne pas en parler, c'était un mauvais souvenir.

— Et on la croyait incapable de sentiments! s'exclame John.

Anne le regarde:

— Ne jamais se fier aux apparences. Regarde, moi, j'ai juste dix ans, mais je suis plus vieille de caractère et j'ai des sentiments aussi.

Gêné et rouge, John revient à Bob Les Oreilles:

— Et Bob, il avait l'air au courant. Comment?

— Bob ne savait rien. Il croyait qu'en faisant semblant de connaître le coupable, ce dernier viendrait lui demander de se taire. Il pourrait alors le faire chanter et lui demander de l'argent. Mais ça n'a pas marché. Comme d'habitude.

— On a soupçonné Dino Sore, Constant Perdu et Manon Crayon. C'est une vraie journaliste? demande Agnès.

— Oui. Qui aurait bien aimé résoudre l'affaire elle-même, d'ailleurs. Elle va venir faire une interview avec vous.

La conversation est soudain interrompue par des grognements venant de l'extérieur. Jocelyne se précipite.

— Ah non! Pas encore lui!

Le chien mi-caniche, mi-berger allemand convoite l'os de Notdog qui le protège jalousement. Les enfants sortent régler le différend, suivis du Chef et des parents de John.

— Va-t'en chez vous! crie Jocelyne.

Mais le chien ne l'entend pas ainsi.

— À qui appartient donc ce chien? demande Anne.

Le Chef répond:

— Aux McDuff, la nouvelle famille de la rue du Parc. Des Écossais. Notdog va devoir s'habituer à lui, j'ai bien peur.

— Pauvre Notdog. Un, il se fait endormir et n'a rien vu de ce qui s'est passé hier. Deux, ce chien!

Tout à coup, on entend un sifflement très aigu. Le chien dresse les oreilles et s'en va précipitamment.

— Son maître ou sa maîtresse, certainement. L'avez-vous vu décramper?

demande Agnès.

— Décamper, Agnès, on dit décamper, pas décramper, la reprend John, triomphant.

Agnès reste bouche bée, Jocelyne éclate de rire. Tout le monde retourne finir son petit déjeuner et la porte se referme derrière John qui tient Anne par la main.

Table des matières

Achevé d'imprimer
sur les presses de Litho Acme Inc.
1er trimestre 1990